Permettez, ma pouponnette, que je voye....
Finissez donc, Monsieur.....

LE DÉPOT,

OU

BOBÊCHE,

VOLEUR ET COMMISSAIRE;

SUIVI DE

L'AMANT FEMME-DE-CHAMBRE

ET DE TIRLIPITON,

FAISANT PARTIE DU

NOUVEAU THÉATRE

DES BOULEVARDS,

COLLECTION CHOISIE de Canevas, Scènes et Parades nouvelles, jouées en plein vent par les sieurs BOBÊCHE, GALIMAFRÉ, GRINGALET, FARIBOLE, et autres célèbres Farceurs de la Capitale;

ux Amateurs, par C. O. D.***

J'ai ri, me voila desarmé.

PARIS,

Imprimeur-Libraire, rue du ʋaint-Jacques, au coin de celle uchette, au Pilier littéraire.

PERSONNAGES.

VALÈRE, Joueur.

LÉONORE, son amie.

BOBÈCHE, } laquais de Valère.
FRONTIN, }

Nota. Le Nouveau Théâtre des Boulevards est composé de quatre volumes, qui se vendent ensemble ou séparément chez le même Imprimeur-Libraire, rue du Petit-Pont, n°. 10, à Paris.

LE DÉPOT,

OU

BOBÊCHE,

VOLEUR ET COMMISSAIRE.

PARADE.

SCÈNE PREMIÈRE.

BOBÊCHE, FRONTIN.

BOBÊCHE.

Ah! te voilà, Frontin.

FRONTIN.

Hélas! oui, mon cher. Comment va
la santé?

BOBÊCHE.

Pas trop bien. Je te dirai que la *faim*
commence....

A 2

FRONTIN.

La *fin commence !* Quel est ce nouveau galimathias ?

BOBÊCHE.

Tu ne sais peut-être pas ce que l'on commence le plus volontiers par la *faim ?*

FRONTIN.

Non, foi d'honnête homme.

BOBÊCHE.

C'est un bon repas.

FRONTIN.

Ah ! c'est vrai ; mais il est pardonnable de ne pas deviner cela quand on vit dans une maison comme celle de notre maître.

BOBÊCHE.

Je ne le sens que trop ; depuis hier midi que nous n'avons pas mangé.

FRONTIN.

Ce que c'est que de servir un homme qui mange tout son bien.

BOBÊCHE.

Dis donc qui le joue ; car il ne se nourrit pas mieux que ses domestiques.

FRONTIN.

Où peut-il être à l'heure que voici ?

BOBÊCHE.

Pardine ! faut pas le demander ; il est à la maison de jeu ; il avait reçu une bonne somme d'argent....

FRONTIN.

Et il est allé la perdre ?

BOBÊCHE.

Comme à l'ordinaire.

FRONTIN.

Quand il nous laisse comme cela des jours entiers sans un sou, sans nourriture, il me prend des tentations de le voler.

BOBÊCHE.

Ah ! les vilaines tentations.

FRONTIN.

Une seule chose me retient.

BOBÊCHE.

Ta conscience ?

FRONTIN.

Oh ! la conscience, c'est mon *faible*.

BOBÊCHE.

Je crois bien que ce n'est pas ton *fort*.

FRONTIN.

Et bien ce n'est pas là ce qui m'arrête.

BOBÊCHE.

Quoi donc ? la peur de la justice.

FRONTIN.

Ah bien oui ! je l'ai déjà vue de près

BOBÊCHE.

Explique-toi donc.

FRONTIN.

Je ne le vole pas parce qu'il n'a plus rien à voler.

BOBÊCHE.

Je ne m'étonne plus si tu es honnête homme, c'est parce que tu ne peux pas faire autrement.

FRONTIN.

Comme tant d'autres. S'il pouvait recevoir une bonne somme d'argent et la laisser à la maison, seulement un quart d'heure.

BOBÊCHE.

Eh bien !

FRONTIN.

Je la ferais voyager.

BOBÊCHE.

Tu n'auras pas cette peine-là. Quand M. Valère touche quelque argent, comme il n'a plus ni secrétaire, ni autre meuble fermant à clef, il le met, par précaution, dans sa poche.

FRONTIN.

Et de sa poche il passe dans celle du banquier de biribi.

BOBÊCHE.

Oui, de M. Rafletout.

FRONTIN.

Quelle existence !

BOBÊCHE.

Ça l'a brouillé avec son père, avec tous ses parens, avec mademoiselle Léonore, qu'il devait épouser.

FRONTIN.

Tu m'y fais songer ; il n'a pas été voir cette demoiselle depuis plus de quinze jours.

BOBÊCHE.

C'est vrai ; c'était le jour que ses fermiers lui ont apporté tant d'or. Il est entré mystérieusement chez elle, et s'en

A 4

est sorti qu'au bout de plus d'une heure.

FRONTIN.

Il faut être juste, il nous a fait faire ce jour-là un bon dîner, et le lendemain nous n'avions qu'une croûte de pain sec à mettre sous la dent.

BOBÊCHE.

C'est bien dur !

FRONTIN.

Chut ! le voici qui revient.

BOBÊCHE.

Ah ! comme il a l'air furieux.

SCÈNE II.

LES PRÉCÉDENS, VALÈRE.

VALÈRE, *sans les voir.*

O rage ! ô désespoir ! ô fortune per-sécutrice !

BOBÊCHE *à Frontin.*

Tout est flambé.

VALÈRE, *sans les voir.*

.Maudites cartes ! (*Il les tire de sa poche.*) Un jeu superbe , détruit par un brelan carré.

BOBÊCHE.

Qu'est-ce que c'est que c'te bête-là ?

FRONTIN.

C'est le coup qui l'a mis à sec.

VALÈRE.

On n'a pas exemple d'un guignon semblable !

BOBÊCHE.

C'est çà , M. Rafletout lui a *raflé* tout son saint-frusquin.

VALÈRE.

Allez , jeu infernal , allez à tous les diables. (*Il jette ses cartes.*)

BOBÊCHE.

Il a l'air d'un vrai démoniaque.

VALÈRE.

Et ces coquins de valets , où sont-ils ?

BOBÊCHE.

. Par terre avec le reste du jeu, s'il est complet.

A 5

VALÈRE, *sans les voir.*

Dans quelque cabaret, sans doute.

BOBÈCHE.

Ah ! c'est de nous qu'il parle. Mev'là, monsieur.

FRONTIN.

Monsieur, qu'ordonnez-vous ?

VALÈRE, *toujours sans les voir.*

Frontin !

FRONTIN.

Monsieur !

VALÈRE.

Bobêche !

BOBÈCHE.

Monsieur !

VALÈRE.

Voyez s'ils répondront, les misérables.

FRONTIN (*lui frappant sur l'épaule*).

Mais, monsieur, me voici.

BOBÊCHE (*le tirant par la basque de son habit*).

Je sis là, monsieur.

VALÈRE.

Ah ! c'est fort heureux. Et que faites-vous là ?

BOBÊCHE.

Vous le voyez, monsieur, je ramasse vos cartes. (*Il les lui donne.*)

VALÈRE (*furieux*).

Mes cartes ! mes cartes ! je n'en veux plus, scélérat. (*Il les lui jette à la figure.*)

BOBÊCHE.

Oh ! là, là. Oh ! là, là. Peut-on traiter ainsi un valet de cœur !

VALÈRE.

Ah ! mon ami, je t'en demande pardon, c'est que je ne puis plus voir ce jeu, qui est cause de tous mes malheurs.

BOBÊCHE.

Ah ! c'est différent, note maître.

FRONTIN.

Que vouliez-vous, monsieur ?

VALÈRE.

J'ai faim, mes amis.

BOBÊCHE.

Et moi aussi, monsieur.

VALÈRE.

Tu as faim, maraud !

FRONTIN.

Et moi aussi, monsieur.

VALÈRE.

Vous avez faim tous deux, et le couvert n'est pas mis.

FRONTIN.

Ça ne sera pas long, il n'y a plus à la maison ni argenterie, ni nappe, ni serviettes.

VALÈRE.

Je crois que tu fais le raisonneur!

BOBÊCHE.

Oui, monsieur, il raisonne ; mais que ça ne vous étonne pas, *il a le ventre creux.*

VALÈRE.

Tu ne raisonnes pas, toi.

BOBÊCHE.

Non, monsieur, je n'en ai pas la force.

VALÈRE.

Tu es un serviteur fidèle. Va nous chercher le dîner.

BOBÊCHE.

J'y vas, monsieur. (*Il fait quelques*

pas vers la maison et revient.) Monsieur, je pense à une chose.

VALÈRE.

Quoi ?

BOBÊCHE.

C'est qu'il n'y a rien à la maison.

FRONTIN.

Les restes ont fait notre dîner d'hier.

VALÈRE.

Vous mangez donc beaucoup ?

BOBÊCHE.

Quand nous pouvons, une fois toutes les vingt-quatre heures, tous les huit jours, selon les chances du *brelan carré.*

VALÈRE.

Va commander à dîner chez le traiteur.

BOBÊCHE.

Oui, monsieur. (*Il va et revient.*) Monsieur !

VALÈRE.

Qu'y a-t-il encore ?

BOBÊCHE.

C'est qu'il faut de l'argent pour aller

chez le traiteur, car pour du crédit... n i,
ni, c'est fini.

VALÈRE.

De l'argent ! je n'en ai point.

BOBÊCHE.

Eh bien ! monsieur, c'est chez le traiteur comme chez le *boulanger*, pas
d'argent, pas de *flûtes*.

VALÈRE.

Fais ce que je te dis, va chez le traiteur. (*Il reste plongé dans ses réfle-
xions.*)

BOBÊCHE.

Frontin, va chez le traiteur, mon
ami.

FRONTIN.

Je n'ai garde, il m'a trop bien reçu
la dernière fois.

VALÈRE.

Eh bien ! tu n'es pas encore parti.

BOBÊCHE.

Si vous n'avez pas d'autre moyen,
Monsieur, il nous faudra dîner par
cœur.

(15)

VALÈRE.

Tu crois donc que ce maraud ne nous
avancera pas encore un repas ?

BOBÈCHE.

Il le reculerait plutôt, monsieur ;
il dit que vous lui devez plus de cent écus.

VALÈRE.

Cent écus ! je ne croyais pas que ses
diners montassent si haut.

BOBÈCHE.

C'est que vous les avez pris sans
compter.

VALÈRE.

Allons, il me reste une ressource dont
je ne voulais user qu'à la dernière extré-
mité : nous y voici ; il faut bien s'en
servir.

BOBÈCHE.

Oui, monsieur, c'est urgent ; Frontin
vous le dira comme moi.

FRONTIN.

Oui, je sens que cela presse.

VALÈRE.

Vous savez, mes amis, que je fus,

il y a environ quinze jours , chez mademoiselle Léonore.

FRONTIN.

Oui , monsieur.

VALÈRE.

Je venais de recevoir une somme con-
sidérable, et de retirer des mains d'un
juif un diamant qui peut valoir trois à
quatre cents louis.

FRONTIN.

Quatre cents louis !

VALÈRE.

J'en avais mis trois cents dans une
bourse , et je la priai de me garder
cette somme et le bijou jusqu'au moment où j'en aurais besoin.

BOBÊCHE.

Voilà de quoi dîner.

VALÈRE.

Depuis , je ne l'ai point revue ; je
n'ose donc point moi-même aller recher-
cher ce dépôt. Vas-y, en mon nom , mon
cher Bobêche ; tu m'excuseras auprès
d'elle, tu lui diras tout ce que te sug-

géreront ton intelligence et ton amitié pour ton maître.

BOBÊCHE.

Ah! monsieur, je lui parlerai comme un livre.

VALÈRE.

Va; pendant ce temps, je vais me renfermer dans mon cabinet pour écrire à mon père une lettre dans laquelle je solliciterai mon pardon. Va, et reviens au plus vite. (*Il rentre.*)

SCÈNE III.

BOBÊCHE, FRONTIN.

FRONTIN.

Trois cents louis! Si je pouvais, par le moyen de Bobêche, qui se trouvera seul compromis dans le cas où le coup manquerait... Bobêche, mon ami, voilà une belle somme que tu vas chercher là.

BOBÊCHE.

Oui, et un bon dîner que nous allons faire.

FRONTIN.

Ah ! si tu voulais, nous en ferions
beaucoup comme celui-là.

BOBÊCHE.

Si je voulais ! tiens, je te demande si
une demande comme ça se demande ?

FRONTIN.

Eh bien ! il ne tient qu'à toi.

BOBÊCHE.

Comment cela ?

FRONTIN.

Tu vas, chez mademoiselle Léonore,
chercher une somme de trois cents louis
et un diamant qui en vaut au moins
autant.

BOBÊCHE.

Oui.

FRONTIN.

Il faut recevoir la somme et le diamant pour notre maître, et les garder
pour nous.

BOBÊCHE.

Oh ! mais c'est voler, ça.

FRONTIN.

Non, c'est profiter de l'occasion.

BOBÊCHE.

Je n'ignore pas qu'il y a un proverbe qui dit : *L'occasion fait le larron...* mais....

FRONTIN.

Eh bien ! voilà une excuse toute trouvée.

BOBÊCHE.

J'entends bien, mais je n'oserai jamais.

FRONTIN,

Tu renonces donc à faire d'excellens repas ?

BOBÊCHE.

Non parbleu, tu sais bien qu'à la *triomphe des va-de-la-gueule,* j'ai toujours la *volte.*

FRONTIN.

En ce cas, décide-toi. Va chez mademoiselle Éléonore ; dis-lui que monsieur Valère s'est raccommodé avec son père ; que le bonhomme est mort ; que notre maître a besoin de ses trois cents louis et de son diamant pour éblouir ses voisins, en allant recueillir sa succes-

sion. Reçois l'argent, et viens me re-
joindre chez le traiteur du coin, où je
ferai tenir prêt un bon diner.

BOBÊCHE.

Aye! aye! aye! un bon diner.

FRONTIN.

Oui, un potage succulent.

BOBÊCHE.

Un potage!

FRONTIN.

Une volaille rôtie.

BOBÊCHE.

Une volaille!

FRONTIN.

Tu aimes les *volailles?*

BOBÊCHE.

Je le crois bien ; ma mère.... les ac-
commodait à merveille.

FRONTIN.

Nous en aurons une. Un pâté.

BOBÊCHE.

Un pâté! *Je e sais é c'que c'est,*

FRONTIN.

De jambon, mon ami!

BOBÊCHE.

Ah ! la bonne chose que les *gens bons !*

FRONTIN.

Une salade.

BOBÊCHE.

Pas de *pissenlits* toujours.

FRONTIN.

De barbe de capucin.

BOBÊCHE.

Non pas de barbe, non plus.

FRONTIN.

De *mâches.*

BOBÊCHE.

Oh ! comme je vais *mâcher !*

FRONTIN.

Allons ! tu es décidé ?

BOBÊCHE.

Pas encore tout-à-fait ; mais comme il faut toujours recevoir l'argent, pour M. Valère ou pour nous, je vais aller trouver mademoiselle Léonore ; mon bon ange m'inspirera ensuite si je dois voler mon maître.

FRONTIN.

C'est ça. (*A part.*) Quand une fois il tiendra l'argent , je saurai bien m'en emparer de gré ou de force. (*Haut.*) Va faire ta commission , je t'attends au cabaret voisin.

SCÈNE III.

BOBÊCHE *seul.*

Il s'agit à présent d'aborder mademoiselle Léonore. De la tête , et surtout pas de gaucherie ! (*Il frappe rudement à la porte.*) Il faut m'y prendre avec politesse, si je veux être bien accueilli. Eh ! mademoiselle Léonore ! mademoiselle Léonore , eh !

SCÈNE IV.

Mᶫˡᵉ. LÉONORE, BOBÊCHE.

LÉONORE.

Ah! c'est toi, Bobéche, que me veux-tu, mon ami?

BOBÊCHE.

Mademoiselle, il n'y a ni *mie* ni *croûte* à la maison, nous avons tout mangé hier, et les souris, ont grugé notre reste.

LÉONORE.

Je ne te parle pas de cela; je te demande quel sujet t'amène?

BOBÊCHE.

Nous n'avons chez nous ni *sujet*, ni *roi*.

LÉONORE.

Mais je désire savoir pourquoi tu frappes à ma porte.

BOBÊCHE.

Ah! mademoiselle, c'est différent; c'est de la part de mon maître.

LÉONORE.

Il y a long-temps que je ne l'ai vu, se porte-t-il bien, ton maitre ?

BOBÊCHE.

Oui, non, pardonnez-moi, si fait.

LÉONORE.

Tâche de savoir ce que tu dis.

BOBÊCHE.

V'là que j'y tâche.

LÉONORE.

Jouit-il d'une bonne santé ?

BOBÊCHE.

Hélas ! non.

LÉONORE.

Il est malade ?

BOBÊCHE.

Hélas ! oui, de chagrin. Il s'est raccommodé avec son père.

LÉONORE.

Ce n'est pas là un sujet de tristesse.

BOBÊCHE.

Ah ! non. Le bonhomme est mort.

LÉONORE.

Son père est mort ? comme cela tout de suite après lui avoir pardonné !

BOBÊCHE.

BOBÊCHE.

Hélas ! oui ; et ce qui nous fend le cœur, c'est qu'il faut aller recueillir sa succession.

LÉONORE.

Mais il l'avait déshérité.

BOBÊCHE.

Oui, quand le fils était joueur ; mais depuis qu'il s'est corrigé....

LÉONORE.

Il ne jouerait plus, vraiment !

BOBÊCHE.

Je puis vous jurer, mademoiselle, qu'il n'a pas touché de cartes depuis plus de. .. Bah ! (*à part.*) dix minutes.

LÉONORE.

Eh bien ! mon cher Bobêche, ah ! quelle heureuse nouvelle ! Dis-lui que s'il continue, je lui accorderai ma main.

BOBÊCHE.

Votre main ! ce n'est pas là ce qu'il veut de vous, mademoiselle.

LÉONORE.

Comment ?...

Le Dépôt. B

BOBÊCHE.

Quand je dis que ce n'est pas cela,
c'est pour l'instant.

LÉONORE.

Il t'a chargé de me demander quelque
chose.

BOBÊCHE.

Oui, mademoiselle.

LÉONORE.

Quoi ?

BOBÊCHE.

Votre... Mais vous ne voudrez peut-
être pas me le donner ?

LÉONORE.

Pourquoi pas, si c'est faisable ?

BOBÊCHE.

Ah! c'est tout fait, mademoiselle, il
y a long-temps ; c'est votre... Vous allez
me le refuser.

LÉONORE.

Parle donc.

BOBÊCHE.

C'est votre... Je vois que vous ne me
le donnerez pas.

LÉONORE.

Encore une fois veux-tu t'expliquer.

BOBÊCHE.

Votre... *Dépôt*, mademoiselle, vous avez reçu *Dépôt* de mon maitre.

LÉONORE.

Comment *des pots !*

BOBÊCHE.

Tiens, vous entendez *des pots*, des poteries ; c'est pas ça, mademoiselle, il m'a dit que vous aviez un dépôt.

LÉONORE.

Je n'ai point de dêpôt. Pour qui me prends-tu ?

BOBÊCHE.

Je ne vous parle pas de *dépôt* d'humeur, mais d'une somme d'argent et d'un diamant que mon maitre a *déposés* chez vous.

LÉONORE.

Ah ! c'est juste. Et tu viens me demander ce dépôt là. Ton maitre veut-il encore le perdre au jeu ?

BOBÊCHE.

Ah ! ah ! pour qui le prenez-vous ?

vous savez bien qu'il ne joue plus.

LÉONORE.

A la bonne heure. (*Voyant des cartes par terre.*) Qu'est-ce que c'est que cela ? Des cartes !

BOBÊCHE.

Ah ! mademoiselle (*ah jarnicoton !*), c'est, c'est que... voyez-vous... ce n'est pas mon maître ; c'est des petits polissons du cinquième qui viennent de les laisser tomber par la fenêtre.

LÉONORE.

Tu en es bien sûr ? Je n'ignore pas que dans ses accès de fureur contre le jeu, M. Valère, quand il a tout perdu, jette les cartes où il se trouve.

BOBÊCHE.

Ah bien ! ce n'est pas ça. Je les ai vu tomber. Eh ! vous autres là-haut, petits gamins, venez donc ramasser vos cartes.

LÉONORE.

Allons , j'aime à te croire , et je vais te chercher ce que tu demandes.

(*Elle rentre.*)

SCÈNE IV.

BOBÊCHE *seul*.

Allez , mademoiselle , et ne soyez pas long-temps. Oh ! la bonne demoiselle ! comme elle donne dans le pot au noir. La voici : attention.

SCENE V.

Mlle LÉONORE , BOBÊCHE.

LÉONORE.

Tiens , mon ami , voilà les trois cents louis et le diamant.

BOBÊCHE.

Merci , mademoiselle. (*Il met l'argent dans sa poche avec le diamant.*)

LÉONORE.

Voilà de plus six francs pour ta peine.

BOBÊCHE.

Six francs ! Merci, mademoiselle.

LÉONORE.

Prends garde de perdre l'argent, et surtout la bague.

BOBÊCHE.

Ils sont en bonnes mains.

LÉONORE.

Je les aime en quelque sorte mieux dans les tiennes que dans celles de ton maître... quoique... tu m'assures bien qu'il ne joue plus.

BOBÊCHE.

Oh ! non , mademoiselle. *(A part.)* Une bonne idée ; faut que je m'arrange pour qu'ils soient entr'*eux brouillés* , ça f'ra bien au sujet de... si nous... (*Il fait le signe de dérober quelque chose.*) *(Haut.)* Quand je dis non , mademoiselle , c'est que c'est oui.

LÉONORE.

Comment , il jouerait encore ?

BOBÊCHE.

Pis que jamais , mademoiselle.

LÉONORE.

Eh ! tu me disais tout le contraire à l'instant.

BOBÊCHE.

Ah ?, c'était pour... (*Il rit.*) pour. .
(*Bas.*) pour avoir l'argent ; c'est qu'elle
n'aurait pas lâché les sonnettes. (*Haut.*)
Dame , j'avais mes raisons pour ça.

LÉONORE.

Je veux savoir ces raisons , ou rends-
moi mon dépôt.

BOBÊCHE.

Pour le ravoir , bernique. Je tiens
trop à obéir à mon maître , qui vous
en veut , d'ailleurs.

LÉONORE.

Ton maître m'en veut ? et pourquoi
cela ?

BOBÊCHE.

Je n'sais pas , mademoiselle , faut que
vous lui ayez fait quelque chose de bien
vexant , de bien *insentiel.* Attrappe !

LÉONORE.

Moi !

BOBÊCHE.

Il dit que vous êtes une ci , une ça.

LÉONORE.

Mais encore , que dit-il ?

BOBÊCHE.

Je ne peux pas vous répéter ça , mademoiselle.

LÉONORE.

Oh ! je t'en prie, mon petit Bobêche.

BOBÊCHE.

Il n'y a pas de petit Bobêche qui tienne.

LÉONORE.

Je te donnerai encore six francs.

BOBÊCHE.

(*Bas.*) Ah ! si je pouvais.... (*haut.*) vous donnerez dites-vous...?

LÉONORE.

Six francs pour savoir la vérité , et les voici d'avance.

BOBÊCHE.

C'est pour savoir la vérité que vous me donnez ça.

LÉONORE.

Oui.

BOBÊCHE.

(*Bas.*) Oh ! comme je vas mentir ! (*Haut.*) Eh bien ! mademoiselle, la voilà c'te vérité. D'abord, je vous le répète, mon maître joue plus que jamais,

et c'est lui-même qui a jeté là les cartes.
(*Bas.*) Voilà déjà la moitié de l'argent
gagnée.

LÉONORE.

Je m'attendais à tout ceci. Continue.

BOBÊCHE.

V'la que m'y v'la. Ensuite, il ne vous
aime plus du tout. *Va-t-en, qui m'a dit,
chez c'te mademoiselle Léonore, dis-
lui que je ne veux plus en entendre
parler, et qu'elle me rende le dépôt
que je lui ai confié ; mais non , ne lui
dis pas combien je la z'hais, combien
je la méprise ; elle serait capable de
ne te rendre ni mon argent , ni ma
bague ; prends-toi-z'y par la douceur,
et peut-être que tu les rauras ; je dis
peut-être pour ne pas mentir.*

LÉONORE.

Valère a dit cela ? le monstre !

BOBÊCHE.

*Si jamais, a-t-il ajouté , elle met
les pieds chez moi , ou se trouve sur
mon passage , elle y passera le goût
du pain.*

LÉONORE.

Oh ! je n'ai garde de revoir un pareil homme.

BOBÊCHE (*satisfait.*)

Vrai ! vous ne voulez pas venir lui faire quelque reproche ? (*Bas.*) Ça va bien ! ça va bien !

LÉONORE.

Moi, m'avilir à ce point !

BOBÊCHE.

Ah ! v'nez-y, mademoiselle, que sait-on ? ça s'rapapillotera peut-être.

LÉONORE.

Non, je fuis pour jamais un ingrat qui me méprise, et je ne veux plus voir ni lui, ni toi, ni rien qui me rappelle des sentimens trop indignes de moi.

(*Elle rentre.*)

SCÈNE VI.

BOBÊCHE *seul.*

Bon, les voilà à couteaux tirés ; il ne tient plus qu'à moi de m'emparer des

trois cents louis et de la bague ; mais j'ai
trop de conscience... Elle est belle cette
bague. Et cette bourse ! (*Il la tire de sa
poche.*) Trois cents louis, qui sonnent
comme... du coton : trois cents louis !
Ah ! (*Il soupire.*) c'est fini, je rends
l'argent et la bague à M. Valère, et je
me contente des douze francs de bonico
que c'te brave demoiselle m'a donnés.
Ah ! te voilà Frontin ?

<hr>

SCÈNE VII.

BOBÊCHE, FRONTIN.

FRONTIN.

Je m'ennuie, moi, de t'attendre chez
ce traiteur. Eh bien ! as-tu réussi ?

BOBÊCHE.

Oui.

FRONTIN.

As-tu bien mêlé les cartes ?

BOBÊCHE.

Tiens, les cartes, ma foi ! en v'la quel-

ques-unes que j'ai retrouvées là sous
nos pas.

FRONTIN.

Je ne te parle pas de ça. Je te demande si tu as bien brouillé M. Valère
et mademoiselle Léonore ?

BOBÊCHE.

Ah ! je t'en réponds ; elle ne veut plus
le voir , ni moi , ni toi, ni rien de ce
qui lui appartient.

FRONTIN.

Bravo ! mon cher Bobêche ; moi,
pendant ce temps-là, j'ai fait préparer
le dîner.

BOBÊCHE.

Ah ! je ne veux plus de ce dîner-là.

FRONTIN.

Comment ! tu n'as donc pas reçu...

BOBÊCHE.

Si fait, et le v'là dans ma poche (*Frontin veut lui prendre*), mais ce n'est pas
pour toi , ni pour moi , c'est pour M.
Valère.

FRONTIN.

Donne donc , tu fais l'enfant.

BOBÊCHE.

BOBÊCHE.

Pst. Non pas. (*Il le change de poche.*)

FRONTIN (*passant du côté où est l'argent.*)

Songe donc que sur trois cents louis, il t'en revient cent cinquante pour ta part.

BOBÊCHE.

Cent cinquante louis ! c'est-il plus de douze francs ?

FRONTIN.

C'est trois cents fois autant.

BOBÊCHE.

Trois cents fois douze francs. (*Il change encore la bourse de poche.*)

FRONTIN (*du côté où est la bourse.*)

Et avec cela deux cents louis pour la moitié de la bague.

BOBÊCHE.

Tu veux la couper en deux?

FRONTIN.

Non pas, nous la vendrons, et nous en partagerons l'argent par moitié.

Le Dépôt.   C

BOBÊCHE.

Ce qui produirait à chacun de nous...
(*Il change encore l'argent de coté.*)

FRONTIN.

Environ trois cent cinquante louis.

BOBÊCHE.

C'est beaucoup, mais....

FRONTIN.

Je vois que tu n'en veux point, et je
suis charmé de trouver en toi un garçon
aussi fidèle ; ce que je t'en ai dit, c'était
pour t'éprouver, et voilà tout.

BOBÊCHE.

Vrai ?

FRONTIN.

Sans doute, va, mon cher Bobêche,
va porter cet argent à notre maître, il
devrait déjà l'avoir pour retourner avec
à l'académie.

BOBÊCHE.

Tu crois qu'il irait encore jouer
celui-là ?

FRONTIN.

J'en suis sûr. Allons, qu'est-ce qui
t'arrête ?

BOBÊCHE.

Comment, monsieur Rafletout empocherait encore tout cela?

FRONTIN.

Que nous importe! Cependant, avant que cela ne soit raflé, je serais bien aise de repaître mes yeux de l'aspect d'une somme pareille; il n'y aurait pas grand mal à cela.

BOBÊCHE.

Non sûrement. Faut que je voie ça aussi. (*Il tire la bourse, l'ouvre, et l'approchant de son œil.*) Oh! qu'c'est joli! qu'c'est joli! qu'c'est joli! comme ça brille!

FRONTIN.

Voyons à mon tour... Ah! je la tiens, M. Bobêche! il ne faut pas que cet argent-là grossisse encore le magot du banquier. Je m'en empare pour nous deux.

BOBÊCHE.

C'est vrai, ça serait dommage. Mais j'pense à ça, dis donc, tu prends tout, toi.

FRONTIN

Eh ! n'as-tu pas la bague !

BOBÊCHE.

J'entends bien ; mais !..

VALÈRE, *en dehors.*

Bobêche , Bobêche.

BOBÊCHE.

Ah ! v'la monsieur qui m'appelle , rends-moi la bourse , vîte, et vîte.

FRONTIN.

Pas si bête. Je retourne avec chez le traiteur ; je fais servir le dîner en question. Pour toi, attends monsieur, fais-lui quelque conte bien saugrenu , garde ta bague et viens me retrouver. Voici monsieur, je me sauve.

SCÈNE VIII.

VALÈRE, BOBÊCHE.

VALÈRE.

Eh ! tu te fais bien attendre.

BOBÊCHE,

Ah ! monsieur ! (*bas.*) Que lui dire ?

Frontin ne rendra pas la bourse à présent ; c'est le cas de mentir avec assurance.

VALÈRE.

Eh bien ! mademoiselle Léonore...?

BOBÊCHE.

Ah ! monsieur, que le monde est traître au jour d'aujourdhui !

VALÈRE.

Qu'y a-t-il ? Explique-toi.

BOBÊCHE.

Vous m'avez envoyé chez mademoiselle Léonore, pour lui reprendre un dépôt de trois cents louis et une bague fine.

VALÈRE.

Je sais cela. Après.

BOBÊCHE.

Eh bien ! elle ne l'a pas, le dépôt.

VALÈRE.

Comment elle ne l'a pas ?

BOBÊCHE.

Non, monsieur, elle ne l'a pas.

VALÈRE.

Elle te l'a donc remis ?

C 3

BOBÊCHE.

Non monsieur , elle m'a dit au contraire qu'elle ne savait pas ce que je voulais lui dire.

VALÈRE.

Elle a dit cela !

BOBÊCHE.

Oui , monsieur. *Trois cents louis !* qu'elle a ajouté, avec sa petite voix douce, *trois cents louis et ton maître n'ont jamais passé par la même porte.*

VALÈRE.

Elle n'a pas dit cela.

BOBÊCHE.

Ton maître n'est qu'un joueur.

VALÈRE.

Elle a pu dire cela.

BOBÊCHE.

Un fourbe.

VALÈRE.

Elle n'a pas dit cela.

BOBÊCHE.

Un croque centime , un avale tout cru.

VALÈRE.

Elle était fondée à dire cela.

BOBÊCHE.

Un fripon.

VALÈRE.

Elle n'a pas dit cela.

BOBÊCHE.

Un escroc.

VALÈRE.

Elle n'a pas dit cela.

BOBÊCHE.

Quand on vous dit que je vous dis qu'elle l'a dit ; tant y a qu'elle a nié le dépôt.

VALÈRE.

Si je savais que cela fût vrai, j'irais la trouver.

BOBÊCHE.

Non, monsieur, faut pas y aller.

VALÈRE.

Je lui reprocherais sa perfidie.

BOBÊCHE.

Faut pas, monsieur, faut pas.

VALÈRE.

Je la poignarderais à tes yeux.

BOBÊCHE.

Oui c'est ça, sans lui laisser le temps de rien dire.   C 4

VALÈRE (*bas.*)

Voilà qui me donne des soupçons.
(*haut.*) Bobêche ! va me chercher là
haut mon poignard.

BOBÊCHE.

Oui, monsienr, j'y vole.

SCÈNE IX.

VALÈRE (*seul.*)

Ce drôle m'est suspect, il met trop
d'empressement à servir ma vengeance
pour m'avoir dit la vérité. S'il me trompe, malheur à lui, je le châtierai comme
il le mérite.

SCÈNE X.

VALÈRE, BOBÊCHE.

BOBÊCHE.

Monsieur , voici votre poignard.
Attendez un peu que je lui donne le fil.

(*Il le réguise sur la balustrade.*) Si vous m'en croyez, vous ne la marchanderez pas. Zague, zague, dès qu'elle paraîtra.

VALÈRE.

Sois tranquille, je saurai me venger de la personne qui me trahit.

BOBÊCHE.

C'est ça. Sans rien écouter. Ah! ah! perfide.

VALÈRE.

- Allons, va frapper à sa porte.

BOBÊCHE.

Vous voulez que je sois là pendant que... '*Il fait le geste de poignarder.*)

VALÈRE.

Sans doute.

BOBÊCHE.

Non, monsieur, non, dispensez-m'en. (*bas.*) Diable! elle n'aurait qu'à jaser. (*haut.*) Vous savez que je ne peux pas voir tuer un poulet.

VALÈRE.

Rentre donc, et sois prêt quand je t'appellerai.

(46)

BOBÊCHE.

Oui, monsieur. (*Fausse sortie.*) Monsieur, ne le manquez pas au moins.

VALÈRE.

Je n'en ai point envie.

BOBÈCHE.

Et sans qu'elle parle, entendez-vous?

VALÈRE.

Va donc. C'est convenu.
(*Bobéche rentre et Valère frappe à la porte de Léonore.*)

SCÈNE XI.

VALÈRE, LÉONORE, BOBÊCHE à
la fenêtre.

LÉONORE.

Qui frappe ? Ah ! c'est vous, monsieur.

VALÈRE.

Je viens, ma chère Léonore, vous demander une explication.

BOBÊCHE (*à son maître.*)

Tuez-la, monsieur ; tuez-la.

LÉONORE.

Une explication, monsieur, après la manière indigne dont vous me faites traiter par vos valets ?

VALÈRE.

Prenez garde, mademoiselle, nous sommes dupes tous deux de quelque friponnerie.

BOBÊCHE.

Tuez-la donc, tuez-la donc !

VALÈRE.

Est-il vrai que vous ayez refusé de remettre à mon domestique certain dépôt ?....

LÉONORE.

Je lui ai tout rendu, et ne veux plus rien de commun avec vous. (*Elle veut rentrer.*)

BOBÊCHE.

Tuez-la donc ! tuez, tuez vite !

VALÈRE.

Un moment, mademoiselle, je vous prie. Bobêche m'a dit que vous n'avez rien voulu reconnaître.

BOBÊCHE.

Mais faites donc jouer la dague!

LÉONORE.

C'est lui qui m'a répété je ne sais combien d'injures sorties de votre bouche.

VALÈRE.

Il m'en a dit tout autant, comme venant de vous.

BOBÊCHE.

Tuez donc! tuez donc!

VALÈRE.

L'entendez-vous? il voulait que je vous donnasse la mort sans écouter votre justification.

LÉONORE.

Est-il possible?

VALÈRE.

Il faut confondre le scélérat. Je vais feindre de vous frapper, placez-vous sur ce banc et fermez les yeux.

LÉONORE.

Je le veux bien.

VALÈRE. (*Il fait semblant de poignarder Léonore.*

Tiens, malheureuse, reçois le prix de
ton crime. Bobêche !

BOBÊCHE.

Monsieur.

VALÈRE.

Viens, je suis vengé.

BOBÊCHE.

Vrai ! je descends, monsieur.

VALÈRE (à *Léonore.*)

Ne bougez pas.

BOBÊCHE (*s'avançant.*)

C'est-i bien sûr qu'alle soit morte?
Donnez-moi ce poignard, monsieur.

VALÈRE.

Pourquoi faire ?

BOBÊCHE.

Pour afin de la rachever , en cas
qu'elle ne soit pas assez défunte.

VALÈRE.

Elle l'est bien, je t'en réponds.

BOBÊCHE.

A la bonne heure.

VALÈRE.

Tu es bien sûr, toi, qu'elle t'avait dit
que j'étais un joueur ?

BOBÊCHE.

Oui, monsieur, demandez-lui plutôt.

VALÈRE.

Un fripon, un escroc.

BOBÊCHE.

Monsieur, oui. D'ailleurs elle est là pour me démentir.

VALÈRE.

Tu es bien sûr aussi qu'elle ne t'a pas rendu le dépôt?

BOBÊCHE.

Pardine ! puisque je vous le dis.

VALÈRE.

C'est qu'elle me soutenait le contraire.

BOBÊCHE.

Elle soutenait....

VALÈRE.

Oui ! avant que je la tuasse.

BOBÊCHE.

Aussi la voilà la *Tuace* , je vas lui demander... Comment, mademoiselle, vous osez soutenir que vous m'avez rendu l'argent et le diamant de mon maître.... Voyez-vous , elle ne répond pas.

VALÈRE.

Tu serais bien sot, si elle répondait.

BOBÊCHE (*triomphant.*)

Elle ne répondra pas à présent que vous lui avez coupé le sifflet. (*à Léonore.*) Mademoiselle, ayez donc pour voir un peu l'audace de m'accuser en face, et sans me faire la grimace, d'un tour de passe - passe, bien digne qu'on me chasse.

LÉONORE (*se levant.*)

Oui, coquin, je t'en accuse ; démens, si tu l'oses, un témoignage tel que le mien.

BOBÊCHE.

Oh! là là là! que c'est traître de revenir de l'autre monde pour faire de la peine au monde de ce bas monde!

LÉONORE.

Avoue que tu as reçu l'argent et la bague.

BOBÊCHE.

Oui, mademoiselle la revenante ; ne me mangez pas, je vous en prie.

LÉONORE.

Dis à haute et intelligible voix que tu
as voulu t'approprier tout cela.

BOBÊCHE.

C'est vrai, le diable m'a tenté ; mais
pareille chose ne m'arrivera plus. Je le
jure... par le soleil, à votre ombre.

LÉONORE (*lui donnant un soufflet.*)

Tiens, voilà pour tes mensonges.

BOBÊCHE.

Oh ! là là là ! la défunte n'y va pas de
main *morte*.

LÉONORE.

Aussi ne le sais-je pas.

VALÈRE.

Coquin, rends-moi ce qui m'appartient.

BOBÊCHE.

Vrai ! vous n'êtes pas morte ? (*à son
maître.*) Voyez-vous, si vous m'aviez
écouté (*Il fait le signe de frapper*),
je n'en serais pas là.

VALÈRE (*lui mettant la main sur
le chapeau qui le couvre.*)

Ah ! pendard ! mon argent, ou un
commissaire.

BOBÊCHE.

Un commissaire , oui monsieur. (*Il laisse son chapeau dans la main de son maître et s'esquive.*)

LÉONORE.

Allons, rends-tu cet argent ?.... Eh bien ! vous l'avez laissé échapper.

VALÈRE

Oh ciel ! nous n'avons plus d'autre ressource en effet que le commissaire, qui, je crois, demeure à cette porte. (*Il y frappe.*)

SCÈNE XII.

LES PRÉCÉDENS , BOBÊCHE
en commissaire.

BOBÊCHE.

Qu'est-ce ? que me veut-on ?

VALÈRE.

Vous êtes monsieur le commissaire ?

BOBÊCHE.

Oui, (*bas.*) de nouvelle fabrique.

Je suis pressé ; dites-moi de quoi il
s'agit.

VALÈRE et LÉONORE.

Nous venons rendre plainte.

BOBÊCHE.

L'un après l'autre , s'il vous plaît.

LÉONORE.

Plainte contre un coquin....

VALÈRE.

Un effronté voleur.

BOBÊCHE.

Ménagez un peu vos termes.

VALÈRE.

Qui nous emporte une somme consi-
dérable.

BOBÊCHE.

Comment l'appelez-vous ?

LÉONORE.

Bobêche.

BOBÊCHE.

Il me semble que je connais cela.
N'est-ce pas le proche parent du chan-
delier ?

VALÈRE.

Oui, monsieur.

BOBÊCHE.

Un fort joli garçon, ma foi !

VALÈRE.

Le scélérat m'emporte trois cents louis et une bague qui vaut davantage.

BOBÊCHE.

Il n'est pas mal‑adroit, le jeune homme.

LÉONORE.

Il faut dresser procès‑verbal.

BOBÊCHE.

Donnez‑moi de l'encre et du papier.

VALÈRE.

En voilà. Le faire arrêter, le mettre sur la sellette.

BOBÊCHE.

Une chaise, s'il vous plaît.

LÉONORE.

En voici une.

BOBÊCHE.

Verbalisons.

VALÈRE.

Un moment, j'aperçois un drôle qui pourrait bien être son complice. Oh ciel ! dans quel état s'est mis le misérable.

SCÈNE XIII.

LES PRÉCÉDENS , FRONTIN, *ivre.*

FRONTIN.

Eh bien ! mon ami Bobêche , tu ne viens pas…. tiens ! moi qui lui parle et il n'est pas là. Bon jour la compagnie.

BOBÊCHE.

Emparez-vous de ce fripon.

FRONTIN.

Eh ! là, tout doucement. Faut-il ainsi rudoyer le monde pour un peu de boisson ?

VALÈRE.

Tu es complice du vol , scélérat ! qu'as-tu fait de ma somme ?

FRONTIN.

Ta somme ! ta somme ! lâche-moi, ou je…. *t'assomme.*

LÉONORE.

Allons, Frontin, avoue, il ne te sera rien fait.

FRONTIN.

Je n'ai rien à avouer.

BOBÊCHE *à part.*

Ce Frontin a un front....

VALÈRE.

Conviens de tout en présence de monsieur le commissaire.

FRONTIN.

Je crois que celui qui me tient est mon *maître.*

BOBÊCHE.

Ah ! tu le reconnais, et moi, me reconnais-tu ?

FRONTIN.

Non, monsieur le commissaire , le diable vous emporte !

BOBÊCHE.

Tu as pourtant déjà comparu devant moi. Retirez-vous un peu , vous autres , que je procède à l'interrogatoire. (*Il entr'ouvre sa robe et laisse voir l'habit qu'il a dessous.*)

FRONTIN (*à part*).

C'est Bobêche ; Bobêche tout-à-fait !

BOBÊCHE (*bas*).

Rends-moi la bourse, ou je te fais in-
carcérer.

FRONTIN (*de même.*)

Mais....

BOBÊCHE (*de même.*)

Rends, ou je te mets à la question
pour l'affaire en question.

FRONTIN (*de même.*)

Je.....

BOBÊCHE (*de même.*)

Rends, ou je te fais pendre.

FRONTIN (*de même*).

C'est que le dîner a un peu écorniflé
les trois cents louis.

BOBÊCHE (*de même*).

De combien ?

FRONTIN.

Douze francs moins quelques sous.
(*Il lui rend la bourse que Bobêche glisse
dans sa poche.*)

BOBÊCHE.

Ivrogne. Allons, donne. C'est moi qui
la gobe, et je suis encore à jeun. Vous
autres, rapprochez-vous ; je m'en vais

rédiger mon procès *bavard* et juger les coupables sur la plainte par vous rendue. Vos noms ?

VALÈRE.

Christophe-Guillaume *Valère.*

BOBÊCHE (*écrivant*).

Christophe, vieil homme aux galères.

VALÈRE.

Guillaume Valère.

BOBÊCHE.

Valère, galères ! tout ça va bien en-semble. La plaignante ?.....

LÉONORE.

Rose-Albertine Léonore, fille de con-dition.

BOBÊCHE (*écrivant.*)

Grosse libertine , fille en condition au Lion d'or.

LÉONORE.

Ce n'est pas cela, monsieur le com-missaire, je vous dis : Rose.

BOBÊCHE.

Rosse.

LÉONORE.

Rose !

BOBÊCHE.

Rose !

LÉONORE.

Albertine.

BOBÊCHE.

Libert....

LÉONORE.

Albertine !

BOBÊCHE.

Je ne pourrai jamais écrire ni pro-
noncer Albertine.

LÉONORE.

Et vous le dites!..! Léonore, fille de
condition.

BOBÊCHE.

Léonore, fille en serviee.

VALÈRE.

Fille de condition. Diable ! voilà un
commissaire qui a la tête bien dure.

BOBÊCHE.

Maintenant, écoutez mon jugement.
« Nous, Ignace, Pancrace, Coquasse,
de bonne race, Commissaire du quar-
tier, jugeons et condamnons, Gilles-
Nicolas Blaisot, Sotinet de Bobêche....

VALÈRE.

VALÈRE.

C'est singulier ! voila bien tous les noms que nous ne vous avons pas dit.

BOBÊCHE.

C'est que les commissaires ont l'*esprit devin*.

VALÈRE.

Il y a quelque chose là-dessous.

BOBÊCHE.

Silence et n'interrompez plus la justice : « Condamnons ledit Bobêche à avoir la tête tranchée, à être pendu jusqu'à ce que mort s'en suive, rompu, brûlé, ses cendres jetées au vent, puis fouetté, marqué et mis aux galères à perpétuité.

LÉONORE, VALÈRE.

Ah ! c'est trop fort ! cela ne se peut point.

BOBÊCHE.

« En cas de récidive....

VALÈRE.

Comment voulez-vous qu'il récidive après avoir été pendu, rompu, brûlé ?

Le Dépôt. D

d'ailleurs ces supplices sont trop rigou-
reux.

BOBÊCHE.

Ah ! vous trouvez que c'est trop dur ?
Nous allons adoucir cela. « Condamnons ledit Bobêche à être mis dans une
bonne voiture, conduit chez un fameux
restaurateur, nourri à bouche que veux-
tu, et empâté. ..

LEONORE, VALÈRE.

Ah ! c'est trop doux.

BOBÊCHE.

Jusqu'à ce qu'il en crève.

FRONTIN.

Je ne demande pas mieux que de
mourir comme ça.

VALÈRE.

Il y a ici quelque friponnerie... Monsieur le commissaire !

BOBÊCHE.

Qu'est-ce que c'est, mon ami ?

VALÈRE.

Donnez-moi la main, s'il vous plaît.

BOBÈCHE.

La voilà.

VALÈRE (*lui entr'ouvrant sa robe*).

Ah ! coquin ! c'est toi. *Valère le prend au collet de sa robe d'un coté, Léonore de l'autre.*)

LÉONORE.

Ah ! tu te joues ainsi de nous et de la justice !

FRONTIN.

Ah ! ah ! monsieur le commissaire.

BOBÊCHE, *s'échappant par dessous la robe qui leur reste dans les mains.*) Oui, oui, tenez bien *serré* le commissaire.   (*Il sort.*)

SCÈNE XIV.

LES PRÉCÉDENS, excepté BOBÊCHE.

VALÈRE.

Dis-moi, scélérat, ou as-tu mis....

LÉONORE.

Il s'est échappé de nouveau.

D 2

VALÈRE (*à Frontin.*)

C'est toi, coquin, qui payeras pour tous deux.

FRONTIN.

Doucement, monsieur, ne confondez pas les innocens avec les coupables.

VALÈRE.

Jolie innocence ; il est *saoul....*

FRONTIN.

Je suis *franc;* fouillez-moi, vous verrez que je n'ai ni la bourse, ni la bague. C'est le commissaire qui les a emportées.

LÉONORE.

Tu étais complice, et nous te ferons pendre si tu ne nous aides pas à les ravoir.

FRONTIN.

Eh bien ! je vous aiderai, à condition que vous ferez grâce à moi et à Bobêche, qui ne demande pas mieux que de vous les remettre ; j'en réponds. Cachez-vous un moment, et vous allez voir.

VALÈRE.

Je le veux bien, mais nous te surveil-

lons ; ne crois pas nous échapper aussi.
(*Il se cache ainsi que Léonore.*)

SCÈNE XV.

LES PRÉCÉDENS, BOBÈCHE.

BOBÊCHE.

Sont-ils partis ?

FRONTIN.

Oui, mais il ne s'agit plus de cela. Il faut rendre la bague et la bourse, et tu auras ta grâce.

BOBÊCHE.

C'est bien mon intention. Tu dis qu'il manque....

FRONTIN.

Douze francs.

BOBÊCHE.

Heureusement les voilà. (*Il les met dans la bourse.*)

FRONTIN.

Comment, mon ami, c'est toi qui paies notre écot ?

BOBÊCHE.

Ah! notre écot. Le tien, à la bonne heure, ivrogne que tu es !

VALÈRE et LÉONORE (*s'approchant sans bruit.*)

Cette fois, scélérat, tu ne nous échapperas plus.

BOBÊCHE.

Je n'en ai pas envie.

VALÈRE.

La bourse.

BOBÊCHE.

La voici.

LÉONORE.

La bague.

BOBÊCHE.

La v'là.

VALÈRE.

Maintenant, qu'allons-nous faire de ces deux fripons ?

BOBÊCHE.

Exécuter le dernier jugement de monsieur le commissaire.

VALÈRE.

Non pas, misérable! chassés tous deux.

BOBÊCHE.

Sans le sou et sans dîner ! Ah ! que c'est dur.

LÉONORE.

Je demande grâce pour Bobêche, qui n'aurait pas fait de lui-même une pareille action.

BOBÊCHE

Ah ! çà c'est vrai. C'est lui qui m'a poussé, séduit.... Demandez plutôt à ces messieurs (*montrant le public.*)

VALÈRE.

Allons, tu resteras ; mais prends garde à ce que tu feras à l'avenir.

FRONTIN.

Et moi, monsieur ?

VALÈRE.

Va-t-en, malheureux.

FRONTIN.

Un pauvre diable qui meurt de faim.

BOBÊCHE.

Et de soif.

VALÈRE.

Va-t-en, te dis-je.

FRONTIN.

Vous allez me payer mes gages.

VALÈRE.

Quand tu me rendras tout ce que tu m'as volé.

FRONTIN.

Oui dea, c'est comme cela ? Eh bien ! je quitte votre baraque, et si jamais j'y rentre d'une patte, je veux que le diable me casse l'autre. (*Il sort.*)

VALÈRE.

Allons, ma chère Léonore, oubliez les erreurs de ma jeunesse, que j'abjure pour jamais. J'attends le meilleur effet d'une lettre que je viens d'écrire à mon père ; pourriez-vous aujourd'hui vous montrer plus sévère que l'auteur de mes jours ?

LÉONORE.

Corrigez-vous ; obtenez de lui votre pardon, et j'aurai peut-être encore la faiblesse d'oublier combien vous fûtes coupable.

BOBÊCHE.

C'est ça. Mais n'oublions pas d'aller manger la soupe.

FIN DE LA PARADE.

L'AMANT

FEMME-DE-CHAMBRE

ET NOURRICE.

PARADE.

Personnages. DORVAL, amant d'Isabelle. (*Joué par Bobéche.*)
M. CASSANDRE.
ISABELLE, sa fille.
FRONTIN.

SCÈNE PREMIÈRE.

CASSANDRE, FRONTIN.

CASSANDRE.

C'est un point résolu, madame Cassandre, ma très-chaste et très-honorée femme, vient de me donner un joli petit poupon.

FRONTIN.

Vous voilà bien fier, monsieur, d'avoir un nouveau *né* !

CASSANDRE.

Ah ! un nouveau né ! il faut lui avoir une nourrice.

FRONTIN.

C'est facile, monsieur ; avec de l'argent, l'on a tout ce qu'on veut dans Paris.

CASSANDRE.

De l'argent ! de l'argent ! il semble que l'on soit cousu d'or, et voilà un beau miracle d'avoir quelque chose avec de l'argent ; moi, je trouverais bien plus merveilleux d'avoir ce que l'on voudrait sans argent.

FRONTIN.

Oui, cela serait fort avantageux, surtout pour les avares.

CASSANDRE.

Que dis-tu ?

FRONTIN.

Je dis que de telles occasions sont *rares.*

CASSANDRE.

A la bonne heure ! je croyais avoir entendu certain propos....

FRONTIN.

Hom ! le vieux ladre !

CASSANDRE.

Plaît-il ?

FRONTIN.

Je dis que je n'ai *garde.*

CASSANDRE.

Revenons à notre nourrice. Je la veux jeune, jolie, bonne laitière.

FRONTIN.

Ah ! bonne laitière.

CASSANDRE.

Sans doute ! ne faut-il pas que ce cher enfant profite et fasse honneur à la famille ?

FRONTIN.

Eh bien ! monsieur, je vais vous cher-cher cette nourrice.

CASSANDRE.

Attends donc. Ce n'est pas tout : tu
sais que ma fille a renvoyé sa femme-
de-chambre ; il lui en faut une autre.

FRONTIN.

Oui , monsieur. J'entends. Il vous
faut une femme pour le service de mademoiselle votre fille , qui a vingt-deux
ans , et une autre pour celui de monsieur votre fils qui n'a pas encore vingt-
deux minutes.

CASSANDRE.

Ce n'est pas cela ; tu n'es pas éco-
nome. Je veux, pour mon petit bonhomme, une nourrice qui puisse servir
de femme-de-chambre à ma grande
fille.

FRONTIN.

Peste ! c'est bien différent.

CASSANDRE.

Je donne cinquante écus de gages.

FRONTIN.

Ce n'est pas trop pour les deux em-
plois.

CASSANDRE.

CASSANDRE.

Oh! mais il y a des profits.

FRONTIN.

Sont-ils aussi gros que les miens?

CASSANDRE.

Pour le moins. Elle aura la garde-robe de madame Cassandre et celle de ma fille.

FRONTIN.

La garde-robe? Fi! Vous prétendez donc en faire une nourrice *sur les lieux?*

CASSANDRE.

Bon! par la garde-robe, j'entends les vieilles hardes de l'une et de l'autre.

FRONTIN

Ah! bien. Il me semble que ces hardes-là ne sont pas neuves.

CASSANDRE.

Le plus que ces dames portent leurs robes, c'est quatre ou cinq ans.

FRONTIN.

Ce n'est guère ; c'est comme vous pour vos habits ; ils vous quittent plutôt que vous ne les quittez.

Le Dépôt.   E

CASSANDRE.

C'est que je ne suis pas changeant,
et ma fille tient de moi.

FRONTIN.

On se ressemble de plus près.

CASSANDRE.

De plus loin, tu veux dire. Allons, va
faire ma commission, et rapporte-moi
vite la réponse; mais surtout que la
nourrice ait beaucoup de.... *(Il montre
la gorge.)*

FRONTIN.

Oui, monsieur.

CASSANDRE.

Et tu la préviendras que je veux en
faire moi-même l'inspection.

FRONTIN.

Ah ! le vieux coquin.

CASSANDRE.

Comment ?

FRONTIN.

Je dis que c'est l'affaire du *médecin.*

CASSANDRE.

C'est la mienne, parbleu ! n'est-ce
pas mon enfant qu'elle va mourir?

FRONTIN.

C'est celui de votre femme, toujours.

CASSANDRE.

Allons, va où je t'ai dit, et ne t'amuse pas. Je rentre voir comment se porte l'accouchée.

SCÈNE II.

FRONTIN *seul.*

Va, vieux ladre renforcé, va, et puisses-tu trouver des pierres pour te casser le cou. Cinquante écus à une noutrice qui sert en même-temps de femme-de-chambre!... Jamais femme n'acceptera pareilles conditions, à moins que... comme le bonhomme est un peu vicieux....

SCÈNE III.

DORVAL, *en femme,* FRONTIN.

DORVAL.

Je veux, sous ce déguisement, tâcher de m'introduire chez ce vieux coquin de M. Cassandre , et de déterminer sa charmante fille à répondre à mon amour. On m'a dit que la femme-de-chambre avait été mise à la porte. Si je pouvais la remplacer ! Voici justement Frontin, son domestique ; voyons s'il me reconnaitra.

FRONTIN.

Il faut , malgré soi, renoncer à une pareille commission.

DORVAL (*un mouchoir sur les yeux.*)

Ah ! ah ! qu'une pauvre femme est à plaindre !

FRONTIN.

Voilà une jeune personne qui paraît bien affligée !

DORVAL.

A vingt ans se voir abandonnée de son époux , avec un enfant sur les bras !...

FRONTIN.

Vingt ans ! un enfant ! cela ferait bien notre affaire.

DORVAL.

Et point d'autre ressource que de se mettre en maison !...

FRONTIN.

C'est cela. Madame, pardon; votre affliction me touche, et si vous le souhaitez, je vous procurerai une occasion de la faire cesser.

DORVAL.

Vrai ! Ah ! vous seriez pour moi une seconde Providence.

FRONTIN.

Trop heureux de vous être utile ! et pour peu que votre figure réponde à votre tournure...

DORVAL.

Vous êtes bien honnête. Le peu d'attraits que la nature m'a donnés.... *(Il se découvre le visage.)*

FRONTIN.

Dieu me pardonne, c'est M. Dorval !

DORVAL.

Maroufle ! si tu dis un mot, si tu me découvres, je t'assomme.

FRONTIN.

Vous avez bien de la bonté.

DORVAL.

Mais si tu m'introduis chez ton maître, cette bourse est à toi. Choisis.

FRONTIN *(prenant la bourse.)*

Le choix n'est pas douteux.

DORVAL.

Je sais qu'Isabelle a besoin de quelqu'un auprès d'elle.

FRONTIN.

Oui, monsieur, je sortais pour cela.

DORVAL.

Je ferai la femme-de-chambre.

FRONTIN.

Le père demande en même-temps une nourrice pour son enfant qui vient de naître.

DORVAL.

Nous lui en procurerons une.

FRONTIN.

Eh! monsieur, il lui faut tout cela en une seule personne.

DORVAL.

Ah!

FRONTIN.

C'est embarrassant.

DORVAL.

Je ferai la nourrice.

FRONTIN.

Vous n'y pensez pas. Il veut juger par lui-même si... (*geste indicatif de la fantaisie de M. Cassandre.*)

DORVAL.

Je m'y opposerai bien. Fais-moi recevoir chez lui, et compte sur ma reconnaissance.

FRONTIN.

Vous me gagnez le cœur, et je risque tout pour vous servir. Tenez-vous un peu à l'écart, je vais prévenir M. Cassandre.   (*Il frappe à la porte.*)

<hr>

SCÈNE IV.

LES PRÉCÉDENS, CASSANDRE.

CASSANDRE.

Ah! c'est toi, Frontin, m'as-tu trouvé ce qu'il me faut ?

FRONTIN.

Oui, monsieur, une jeune femme, grande, bien bâtie, de jolie figure.

CASSANDRE.

Est-il possible ? Fais-moi la voir au

plus vîte : je brûle... C'est-à-dire, ce petit enfant attend sa nourrice avec impatience.

FRONTIN.

La voici, monsieur. (*Dorval salue.*)

CASSANDRE.

Mais elle est fort bien, cette femme.

FRONTIN.

Très-bien, monsieur, oh ! le vieux penard !

CASSANDRE.

Vous voulez donc bien entrer chez moi, ma toute belle ?

DORVAL.

Trop heureuse, monsieur, si vous acceptez mes faibles services.

CASSANDRE (*transporté.*)

Si je les accepte ! si je les accepte ! (*se modérant.*) Que savez-vous faire ?

DORVAL.

Ah ! monsieur, peu de chose ; ma condition présente ne s'accorde pas du tout avec le genre d'éducation que j'ai reçue ; mais je ferai de mon mieux.

CASSANDRE.

Fort bien, fort bien ! je suis sûr que

vous me conviendrez.. Vous êtes mariée ?

DORVAL,

Hélas ! oui, mais l'ingrat m'a abandonnée.

CASSANDRE.

Pauvre femme ! Il faut être un monstre pour négliger tant d'appas. Vous
avez des enfans ?

FRONTIN.

Oui, monsieur, oui.

CASSANDRE.

Eh ! comment sais-tu cela, toi ?

FRONTIN.

Par les informations que j'ai prises.

DORVAL.

Oui, monsieur, de quinze mois; un
élève superbe, sans me vanter.

CASSANDRE.

Où est-il le pauvre petit ?

FRONTIN (*étourdiment.*)

A l'école, où il fait des progrès rapides.

CASSANDRE.

A l'école ? déjà !

DORVAL.

Monsieur Frontin se trompe ; il veut
dire en sevrage. E 5

CASSANDRE.

Ah ! ma chère enfant, vous savez
que... il s'agit de... c'est pour... mon enfant que je vous prends chez moi.

DORVAL.

Oui, monsieur.

CASSANDRE.

Avez-vous..? Il ne faut pas se choquer
de cette question... Avez-vous... ce qu'il
faut pour lui donner sa première nourriture ?

DORVAL.

Monsieur... je suis... vous voyez...
Monsieur, je l'espère, sera content de
moi.

CASSANDRE.

Ce n'est pas tout , il faut que je
touche....

DORVAL.

Monsieur, ma pudeur...

CASSANDRE.

Il n'y a pudeur qui tienne, je dois
savoir par moi-même...

DORVAL.

Je suis fâché, monsieur, mais nous

ne pouvons faire affaire ensemble. *(Il feint de s'en aller.)*

FRONTIN.

Elle s'en irait, monsieur ; oh ! c'est la vertu personnifiée.

CASSANDRE.

Peste ! j'en serais bien fâché. Restez, ma pouponne, restez ; je ne veux plus rien voir... Diable ! c'est que...Tenez, je vous donne cent écus de gages.

FRONTIN.

Monsieur, vous n'aviez dit que cinquante écus, et quand madame Cassandre saura....

CASSANDRE.

Tais-toi, tais-toi. C'est mon affaire. Vous restez, ma chère... Comment vous appelez-vous ?

DORVAL.

Angélique.

CASSANDRE.

Le joli nom ! Eh bien, Angélique, je vais vous chercher votre nourisson ; attendez-moi là un petit moment. Adieu, ma pouponnette, adieu ! adieu !

SCÈNE V.

LES PRÉCÉDENS, excepté CASSANDRE.

FRONTIN.

Jusqu'ici cela ne va pas mal.

DORVAL.

Pas trop bien ! je n'entre chez lui que pour voir Isabelle, et je ne l'ai point encore vue.

FRONTIN.

Ce n'est pas là ce qui m'inquiète, vous la verrez de reste ; mais cet enfant qui ne trouvera pas en vous ce qu'il lui faut ?

DORVAL.

Nous y pourvoirons d'une autre manière.

FRONTIN.

Dieu veuille que tout cela ne dégénère pas pour moi en une volée de coups de bâton !

DORVAL.

Bagatelle !

FRONTIN.

Vous appelez cela bagatelle ?

DORVAL.

Paix ! j'entends le papa et sa chère progéniture.

SCÈNE VI.
LES PRÉCÉDENS , CASSANDRE.

CASSANDRE.

Voilà, ma chère nourrice , votre futur élève. Si vous voulez lui donner votre sein.,. Oh ! l'heureux petit coquin !

DORVAL.

Monsieur , je ne puis ainsi , dans une rue... en votre présence....

CASSANDRE.

Et si fait , ma bonne , si fait ! sous votre schall ; là , comme cela , qui diable y voit rien ?

FRONTIN.

Monsieur , c'est un trésor qu'une femme comme cela.

CASSANDRE.

Je voudrais savoir , ma chère pou-ponnette , si le petit prend bien....

DORVAL.

Très-bien, monsieur, très-bien!

CASSANDRE.

Permettez que j'y regarde... je veux...
(*s'échauffant par dégrés.*) Il faut...

FRONTIN (*l'arrêtant*).

Eh ! monsieur, que dirait madame
Cassandre, si elle savait... ?

CASSANDRE.

Eh ! peut-elle blâmer l'intérêt qu'un
père prend à son enfant ?

DORVAL.

Monsieur, si vous insistez, je renonce
aux avantages que me promet votre
maison.

CASSANDRE.

Allons, allons, arrangez-vous avec
votre nourrisson, cela vous regarde.
Parlons d'autre chose. Vous savez que
vous entrez aussi chez moi pour être
auprès de ma fille ?

DORVAL.

C'est là ce qui me flatte le plus ;
mais aurai-je le bonheur de lui plaire ?

CASSANDRE.

Peste ! elle serait bien difficile.

FRONTIN.

Oh! je réponds que vous lui conveniez
encore mieux qu'à monsieur.

CASSANDRE (*à part*).

C'est selon. (*haut.*) Seriez-vous contente de faire connaissance avec elle?

DORVAL.

C'est le plus ardent de mes désirs.

CASSANDRE.

Je vais vous procurer cette satisfaction.
(*Appelant.*) Isabelle! Isabelle!

SCÈNE VII.
LES PRÉCÉDENS , ISABELLE.

ISABELLE.

Que me voulez-vous, mon père?

CASSANDRE.

Vous montrer une acquisition que je
viens de faire pour vous, un vrai cadeau
que je vous destine.

ISABELLE.

Vous voulez me faire un cadeau,
mon père?

FRONTIN (*à part.*)

Elle n'y est pas habituée.

GASSANDRE.

Oui, ma fille, une femme-de-chambre, ou plutôt une dame de compagnie, jeune, aimable, spirituelle et vertueuse, que voici.

DORVAL.

Monsieur juge trop favorablement de mon petit mérite.

ISABELLE (*reconnaissant Dorval.*) Ah !

CASSANDRE.

Qu'est-ce, ma fille? Qu'avez-vous ?

DORVAL.

Vous seriez-vous fait mal, mademoiselle ?

ISABELLE.

Oui, un peu; le pied m'a tourné.

CASSANDRE.

Il faut rentrer à la maison.

ISABELLE.

Non ; ce n'est rien, et je me trouve fort bien ici.

DORVAL.

Appuyez-vous sur moi, mademoiselle.

CASSANDRE.

Vois-tu comme elle est aimable! Eh bien! elle sera à toi et à moi.

ISABELLE.

Comment! à vous, mon père.

CASSANDRE.

Fais donc attention qu'elle nourrit ton petit frère.

ISABELLE.

Femme-de-chambre et nourrice?

FRONTIN.

Oui, c'est une économie de l'invention de monsieur.

ISABELLE.

Nourrice! je n'en reviens pas.

DORVAL.

Vous m'en voyez tout étonnée moi-même.

CASSANDRE.

Pourquoi donc? Elle a un enfant beau comme le jour, à ce qu'elle dit. Il faut le faire venir ici, ma pouponnette, je l'aimerai en faveur de sa mère.

DORVAL.

Ah! c'est trop de bonté.

CASSANDRE.

Non, non, je le veux absolument.
Frontin, va le chercher.

FRONTIN.

Oui, monsieur.

CASSANDRE.

Eh bien ! où vas-tu, étourdi ? Ma chère,
donnez-lui l'adresse de la sevreuse.

DORVAL.

Monsieur, je ne souffrirai point que
vous preniez tant d'embarras.

CASSANDRE.

Point, point, je l'exige.

ISABELLE.

Mon père !

CASSANDRE.

C'est une chose bien résolue.

DORVAL *(bas à Frontin.)*

Obstiné vieillard ! Comment s'y prendre ?

FRONTIN *(bas à Dorval.)*

Laissez-moi faire, j'ai ce qu'il vous
faut.

CASSANDRE.

Eh bien ! tu pars ?

FRONTIN.

Elle m'a dit l'adresse : *rue des Jeûneurs*, n° 120. N'est-il pas vrai, madame ?

DORVAL.

Allez, et prenez bien vos précautions.
(*Frontin sort.*)

SCÈNE VIII.

LES PRÉCÉDENS, excepté FRONTIN.

CASSANDRE.

Quelles précautions donc, ma toute belle ?

DORVAL.

Toutes celles qu'il croira nécessaires pour ne point blesser cette chère créature. (*Bas.*) Débarrassons-nous un moment du vieillard. (*Haut.*) Monsieur, votre petit a pris sa réfection.

CASSANDRE.

Il me semble, mignonne, que vous ne lui avez pas donné ce côté ?

DORVAL.

Finissez donc, monsieur, je suis chatouilleuse.

CASSANDRE.

Essayez un peu par ici.

DORVAL.

Monsieur, il n'en prendra pas davantage, soyez-en sûr; je m'y connais.

CASSANDRE.

Alors rendez-moi ce cher enfant. Je
vais le reporter à la maison. Pendant
cc temps-là, faites *(bas.)* votre cour à
ma fille, tâchez de lui plaire; c'est elle
qui a fait renvoyer votre devancière, et
je serais désolé qu'il vous en arrivât
de même. Adieu, ma chère nourrice,
nous nous entendrons toujours bien
nous deux, si vous voulez être bonne
personne. Ah! le petit cochon; il faut
qu'il ait bien bu, car il me fait *pipi*
dans les mains. Je cours le remettre
dans son *dodo*. *(Il sort d'une manière
grotesque.)*

SCÈNE IX.
ISABELLE, DORVAL.

ISABELLE.

Avouez, Dorval, que vous faites là
une grande imprudence, et qui peut
me compromettre singulièrement.

DORVAL.

Je n'avais pas d'autre moyen de vous
voir. Depuis huit jours avez-vous paru
seulement à votre croisée ?

ISABELLE.

Croyez-vous que je vous laisserai
habiter auprès de moi ? Et quand je le
permettrais, cet enfant ne périra-t-il
pas de besoin entre vos mains ? Non,
Dorval, je vais, de ce pas, tout dé-
clarer à mon père.

DORVAL.

En auriez-vous bien le courage ?

ISABELLE.

Il le faut. Tout me prescrit un semblable devoir.

DORVAL (*se jetant à ses pieds.*)

Ah ! n'affligez pas à ce point le plus
tendre, le plus soumis des amans !

SCÈNE X.

LES PRÉCÉDENS , CASSANDRE.

CASSANDRE (*surprenant Dorval aux pieds de sa fille.*)

Que vois-je ? qu'ai-je entendu ? Un séducteur aux pieds de ma fille ! Ah ! malheureux , si mon épée n'était pas , depuis plus de dix ans , rouillée dans le fourreau...

ISABELLE.

Calmez-vous , papa ; si vous avez tout entendu , vous savez que je lui donnais son congé.

DORVAL.

Hélas ! monsieur , Isabelle n'est point coupable , et , sans son refus , vous ne verriez encore en moi que sa femme-de-chambre et votre chère nourrice.

CASSANDRE.

Retirez-vous , malheureux , et comptez que votre crime ne restera pas impuni.

SCÈNE XI.

LES PRÉCÉDENS, FRONTIN *apportant une poupée emmaillotée.*

FRONTIN.

J'espère, monsieur, que vous ne direz pas cette fois que j'ai fait ma commission lentement. Voici l'enfant de madame, que l'on m'a confié sans difficulté.

CASSANDRE.

Son enfant ! son enfant ! Tiens, voilà le cas que j'en fais. (*Il le jette à la volée au milieu du public.*)

FRONTIN.

Ah ! monsieur, quelle fureur ! Que s'est-il donc passé en mon absence ? Pauvre enfant ! rendez-moi cet enfant ! (*On le lui rejette, il le prend et le berce sur le rébord du théâtre.*)

CASSANDRE.

Ce qui s'est passé, coquin ! tu étais du complot ; tu le sais mieux que moi, je te chasse.

FRONTIN.

Comment, monsieur, vous voulez encore faire de votre femme-de-chambre-nourrice un valet-de-chambre-cuisinier ?

CASSANDRE.

Non, fripon, je fais maison nette.

ISABELLE.

Grâce, mon père. (*Elle tombe à ses genoux.*)

DORVAL (*de même.*)

Pardonnez-moi, monsieur, pardonnez-moi, ou j'expire à vos pieds.

CASSANDRE.

Non, point de pardon.

TRONTIN (*lui présentant l'enfant.*)

On vous le demande, monsieur, au nom de cette innocente créature.

CASSANDRE.

Allez tous au diable !

DORVAL.

Monsieur, je suis riche et n'aspire qu'à la main de mademoiselle votre fille.

CASSANDRE.

Vous la prendrez donc sans dot ?

DORVAL.

Eh ! monsieur, qui vous demande rien de votre vivant ?

CASSANDRE.

Allons, je vous l'accorde ; aussi bien

cette

cette scène a-t-elle été trop publique
pour là terminer autrement.

ISABELLE.

Ah ! mon père, que de reconnaissance !

DORVAL.

Oh ! le bon petit papa.

CASSANDRE.

Ne va-t-il pas m'étouffer à présent ! Le
drôle sait qu'il n'aura mon bien qu'après
ma mort ; mais je la retarderai autant
que je le pourrai.

FRONTIN.

Vivez, monsieur, vivez ; plus vous
irez long-temps, plus vos enfans en
trouveront. Dois-je toujours aller faire
mon paquet ?

CASSANDRE.

Non, je te pardonne en faveur de ce
mariage, que je ne suis pas fâché de
faire aujourd'hui, parce qu'il ne m'en
coûtera qu'un repas pour les noces et le
baptême.

FRONTIN (montrant la poupée.)

Voilà un enfant qui me reste pour la
façon.

FIN DE LA PARADE.

F

TIRLIPITON,

OU

ARLEQUIN,

HONNÊTE HOMME INVISIBLE.

Personnages. M. ORGON, vieil usurier.

ARLEQUIN, domestique de M. Orgon.

LA CHIPPE,
GRIPPE-TOUT, } filous.
MAIN-CROCHE,

La Scène se passe devant la maiso de M. Orgon.

SCÈNE PREMIÈRE.

ORGON, ARLEQUIN.

ORGON.

Voilà qui est bien entendu, tu t'a quitteras de ta commission avec zèle attention et intelligence.

ARLEQUIN.

Oui, monsieur Orgon.

ORGON.

En quoi consiste-t-elle ta commission ?

ARLEQUIN.

Pardine ! elle n'est pas difficile, ache-
ter un vieux chapeau pour le louis que
vous m'avez donné, et boire le reste
plutôt que de le rapporter, s'il y en a.

ORGON.

Ce n'est pas cela ! je t'ai donné un louis
pour m'avoir un chapeau, non pas à la
dernière mode.

ARLEQUIN.

Quand je vous dis un vieux chapeau.

ORGON.

Un chapeau neuf, d'ancienne forme ;
y mettre jusqu'à un louis, quoique ce
soit beaucoup d'argent ; et si tu peux
avoir quelque chose de reste, me le rapporter fidèlement.

ARLEQUIN.

Ficellement. Rien de plus facile. C'est
un chapeau à cornes, monsieur, que
vous voulez ?

ORGON.

Oui, à cornes.

ARLEQUIN.

Je croyais que vous en aviez déjà.

ORGON.

Que t'importe? Fais ce que je te dis, et fais-le bien.

SCÈNE II.
ARLEQUIN *seul.*

Un chapeau à cornes vieux, qui soit neuf, et qui coûte un louis, s'il peut ne pas coûter tout-à-fait cela. Voilà un micmac auquel un sourd n'entendrait rien. Il faut, comme le dit M. Orgon, que j'aie une fière *négligence* pour me rappeler tout cela.

SCÈNE III.
ARLEQUIN, LA CHIPPE, GRIPPE-TOUT et MAIN-CROCHE. (*Ils entrent sur la pointe du pied, et écoutent.*)

ARLEQUIN.

Le grand point, c'est de ne point perdre mon argent.

MAIN-CROCHE *à ses camarades.*

Il a de l'argent.

LA CHIPPE *de même.*

Il a l'air bien innocent.

GRIPPE-TOUT *de même.*

Il faut avoir ses espèces. Mais comment s'y prendre? *(Ils se consultent.)*

ARLEQUIN.

Un chapeau, chapeau à cornes, vieux de forme, et tout neuf!

MAIN-CROCHE *à ses camarades.*

Il n'y a que ce moyen-là. Essayons-en. *(haut.)* Je vous dis que c'est moi qui l'aurai.

GRIPPE-TOUT.

Non, c'est moi.

LA CHIPPE.

Il me restera, morbleu.

ARLEQUIN.

Tiens, une dispute! Faut que je voie ça.

LA CHIPPE *à Main-Croche.*

Rends-le moi, il est tems.

GRIPPE-TOUT.

C'est à moi qu'il faut le rendre.

MAIN-CROCHE.

Oui dea! je le garde.

ARLEQUIN *à part.*

Xi, xi, xi. Ah ! s'ils pouvaient se battre.

TOUS ENSEMBLE.

Vous ne voulez pas le céder ?

ARLEQUIN.

C'est ça, c'est ca !

MAIN-CROCHE.

Eh bien ! arrangeons-nous, vendons-le.

GRIPPE-TOUT.

Et qui pourra le payer ?

MAIN-CROCHE.

Je le donnerais plutôt pour un baise-main.   ARLEQUIN.

S'il s'agit de recevoir, messieurs, me voilà. Qu'avez-vous à donner ?

LA CHIPPE.

Oh ! donner !

MAIN-CROCHE.

C'est ce chapeau qui fait le sujet de notre dispute.

ARLEQUIN.

Ce chapeau ! Vous pouvez le garder.

MAIN-CROCHE.

Vous ne diriez pas cela si vous en connaissiez la valeur.

GRIPPE-TOUT.

Avec ce chapeau, celui qui le porte
devient invisible.

ARLEQUIN.

A d'autres.

GRIPPE-TOUT.

En disant trois fois Tirlipiton.

ARLEQUIN.

Bah ! il y a des paroles.

MAIN-CROCHE.

En voulez-vous la preuve ? Tirlipiton ;
on allonge les bras et fait tourner le
chapeau. Tirlipiton. On recommence.
Tirlipiton, une troisième fois. Vous ne
me voyez plus. *(Il disparaît derrière
ses camarades.)*

ARLEQUIN.

C'est pourtant vrai. Eh ! M. Tirlipiton, M. Tirlipiton.

MAIN-CROCHE *reparaît le chapeau à la
main.*

Me voilà !

ARLEQUIN.

Est-il dieu possible ? J'achète votre
chapeau. Combien ?

MAIN-CROCHE.

Vingt-cinq louis.

GRIPPE-TOUT.

Ce n'est guères.

LA CHIPPE.

C'est pour rien.

ARLEQUIN.

Tiens, pour rien! Il faut y renoncer. Je n'ai pas tant d'argent. Oh! comme j'en aurais gagné avec ce chapeau-là!

LA CHIPPE.

Eh bien! combien avez-vous?

ARLEQUIN.

Ah bien! oui. Je n'ai qu'un louis, encore n'est-il pas à moi.

LA CHIPPE.

Nous vous ferons crédit du reste.

ARLEQUIN.

Vrai! mais je veux l'essayer, votre chapeau.

MAIN-CROCHE.

C'est juste.

ARLEQUIN *tenant et retournant le chapeau comme il l'a vu faire.*

Tirlipiton.. Tirlipiton.. Tirlipiton.... Me voyez-vous?

LA GRIPPE.

Il faut qu'il ait mis le chapeau. Où diable est-il à présent ?

ARLEQUIN, *se promenant fièrement devant eux.*

Je suis *invincible*, je suis *invincible*.

MAIN-CROCHE.

Eh ! messieurs, il fallait donc lui demander son argent ; nous ne le voyons plus, il est peut-être bien loin avec notre chapeau.

ARLEQUIN, *se découvrant.*

Oh ! que non, oh ! que non. Je suis honnête homme, allez, voilà votre louis, messieurs, puisque vous voulez bien me faire crédit du reste.

GRIPPE-TOUT.

Oui, monsieur. Au plaisir de vous revoir.

SCÈNE IV.

ARLEQUIN *seul.*

Oh ! le bon chapeau, le bon chapeau ! ais je pense à cela : et celui que m'a audé mon maître. Ah bien ! je vais prier d'attendre à demain ; d'ici là ,

j'aurai bien le tems, avec mon chapeau,
de gagner de quoi payer le sien.

(*Il frappe à la porte.*)

SCÈNE V.
ORGON, ARLEQUIN.

ORGON.

Ah ! te voilà. Donne, donne vîte ce
chapeau, que je voie s'il me va bien.

ARLEQUIN.

Ah bien oui ! ce n'est pas pour vous
celui-là, à moins que pourtant vous ne le
veuillez, car l'ayant acheté avec votre
argent, je ne peux pas vous le refuser.
Tout ce que je vous demande, c'est de
me le prêter quelquefois.

ORGON.

Comment avec mon argent, un chapeau de cinq à six sols.

ARLEQUIN.

On vous en donnera des chapeaux de
vingt-cinq louis pour six sols.

ORGON.

Vingt-cinq louis !

ARLEQUIN.

. Sans doute. Vous voyez bien ce chapeau là ? eh bien ! ça rend invisible.

ORGON.

Tu es fou.

ARLEQUIN.

Vous allez voir Tirlipiton, Tirlipiton, Tirlipiton. Me voyez vous à présent qu'il est sur ma tête

ORGON.

Sûrement. Il te va même assez mal.

ARLEQUIN.

C'est que j'aurai manqué à quelque chose, Tirlipiton une fois, en allongeant les bras ; Tirlipiton, deux fois, etc. Cette fois rien n'y manque, et vous ne me voyez plus.

ORGON.

Si fait.

ARLEQUIN.

Bah !

ORGON.

En veux-tu la preuve ? (*Il lui donne quelques coups de bâton.*)

ARLEQUIN.

Oye ! oye ! oye ! vous ne me voyez peut-être pas , mais votre violon à bourrique me voit, lui.

ORGON.

C'est assez badiner. Pourquoi n'as-tu pas apporté mon chapeau ?

ARLEQUIN.

Parceque j'ai acheté celui-là.

ORGON.

Comment, acheté ? vraiment!

ARLEQUIN.

Un louis à compte de vingt-cinq, à trois messieurs bien honnêtes.

ORGON.

A trois filous.

ARLEQUIN.

Ça s'pourrait bien.

ORGON.

Ah! coquin, il faut que je t'assomme!

ARLEQUIN.

Doucement, monsieur, doucement. On n'est pas coquin pour être filouté.

ORGON.

Heureusement, je te dois trois mois de gage.

ARLEQUIN.

A huit francs par mois, c'est juste le compte.

ORGON.

Oui pendard; mais les intérêts de mon argent !!! Ah! mon dieu! qu'on est malheureux d'avoir des domestiques dépourvus de toute intelligence.

FIN.